山海經數字幻旅 5

羿射九日

在成長數字教育開發團隊 編繪

全書錄音

中 華 教 育

女媧把天補好了，大禹也成功解除了水患，大地一片安寧祥和，日升日落，春耕秋收，人們過着快樂幸福的生活。

有一天，靈賢和靈盼正在甜美的夢鄉之中，突然被一道耀眼的強光喚醒，外面的呼喊聲打破了清晨的寧靜。

靈賢、靈盼和乘黃趕快爬起，向洞外奔去。

「哇！天上怎麼出現了十個太陽？熱得我都快受不了啦！這到底是怎麼回事？」靈賢驚訝地大喊。

靈盼着急地指着遠處：「快看，村落着火啦！」

只見遠處的村莊被大火包圍，變成了一片火海。人和動物驚慌失措，四處逃竄，尋找避難的地方。大地上一片哀嚎之聲。

靈賢說：「快把人們轉移到
山洞裏！洞穴裏陰涼，大家先躲
進去，才能活下去！」

於是，乘黃馱着靈賢和靈盼，快速飛到山下。他們一邊大聲呼喊着，一邊給人們引路，幫助大家有序地進入山洞躲避。

等大家都安全躲進山洞後，靈賢皺着眉頭說：「躲在洞穴也不是長久之計！我們要儘快想辦法！」靈盼眼睛一亮，突然想起了甚麼，說道：「我想起女媧媽媽曾經講過，掌管太陽的女神叫羲和，她住在東南海之外的甘水之淵。我們儘快去找她，說不定她有辦法！」

於是，靈賢和靈盼不顧滾滾熱浪，勇敢地朝着東南海的方向奔去。一路上，太陽的炙烤讓他們汗流浹背，但他們沒有絲毫退縮。

靈賢指向前方，興奮地說：「看，那棵最茂盛的大樹應該就是扶桑樹，旁邊就是甘水了，羲和可能就住在這裏。」

靈盼聽了，迫不及待地說：「那我們趕緊過去！」他們急匆匆地朝大樹下面跑去。看到一輛金光閃閃的六龍神輦停在那兒。神輦旁邊，有一位美麗的女神正捂着臉哭泣。

靈盼小心翼翼地走上前，問道：「您就是掌管太陽的女神羲和吧？」

羲和聽到聲音，止住哭泣，抬頭問道：「你們是……？」

靈盼趕忙說：「我們是女媧的孩子，我們來找您，是因為天上那十個太陽。十個太陽把大地都烤乾了，很多莊稼和動物都死了，人們只能躲在山洞裏，再這樣下去，大家都活不了啦。求您快想想辦法吧！」

羲和聽了，難過地說：「都怪我，沒把那十個頑皮的孩子管好……」

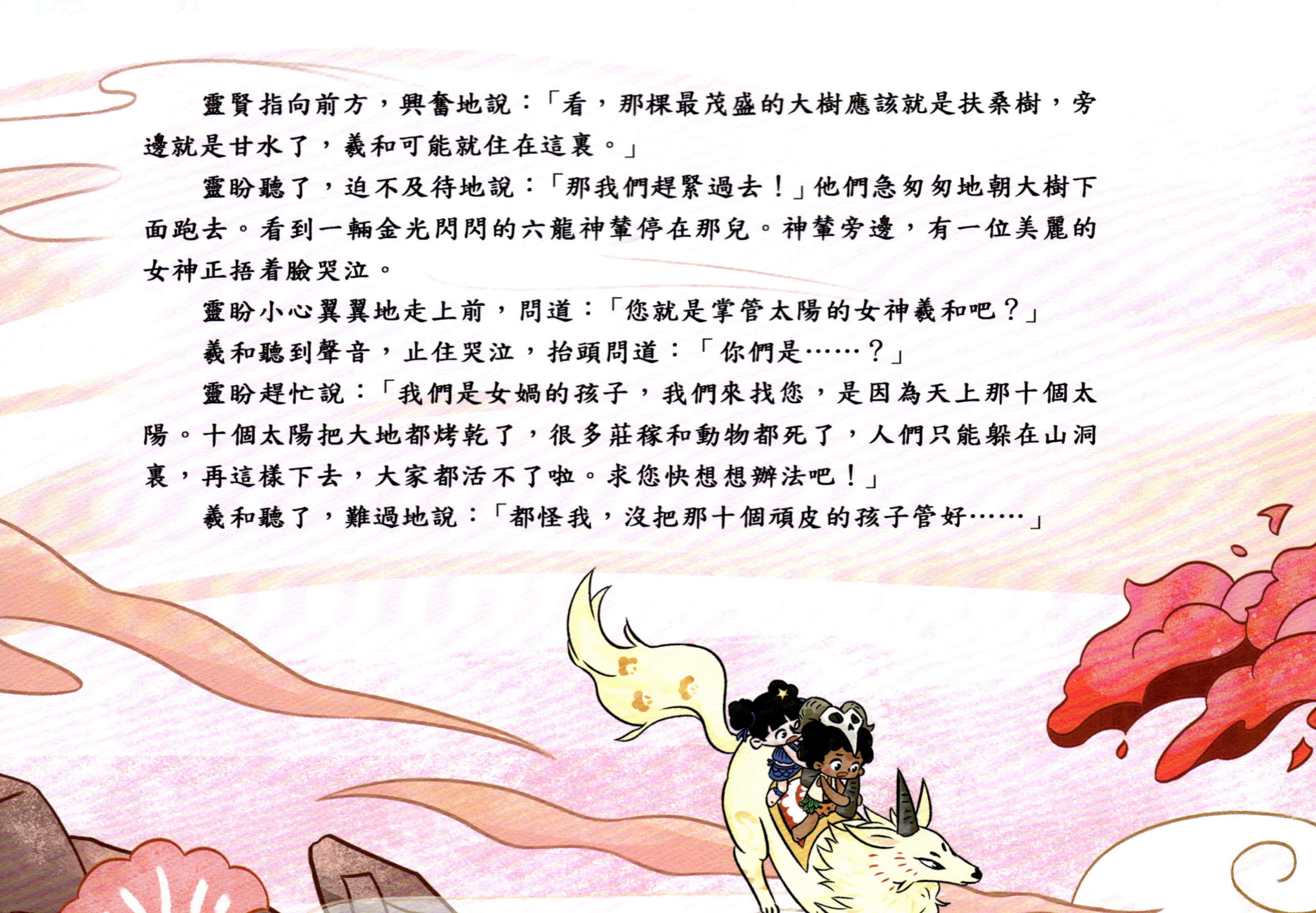

「當黎明到來，需要晨光的時候，我就會駕着神車，送一個太陽穿越天空，照亮人間。他們十個每天輪流當值。可是昨天，他們趁我不注意，偷偷地全都跑出去了。我發現後，立刻就去勸他們回來，可他們誰都不聽我的話。」說着，羲和從身上拿出一面銅鏡。

接着，羲和說道：「這十個太陽是我和帝俊的兒子。平時，我陪着他們住在東海之濱的扶桑古樹上，每天都會幫他們洗淨身上的塵埃。」

太陽老二氣呼呼地說：「前幾天我當值的時候，看見一羣人在求雨，結果那司雨之神當着我的面降雨，地下的人看到降雨都跪謝雨神，那雨神還得意地看了我一眼，轉身就走，招呼都不跟我打一個！」

羲和在銅鏡上面輕輕一點，鏡面便泛起一圈圈漣漪，神奇的畫面在鏡中緩緩顯現出來，只見十個太陽圍在一起聊天。

太陽老六也跟着抱怨：「我當值的時候看見祝融、共工鬥法，祝融用了兩團火就把共工打敗了，那麼多人都說他是英雄。他有甚麼能耐，不就會噴點火嗎？有甚麼了不起的！」

太陽老八也嘟囔着：「同樣都是神仙，他們可以隨心所欲，逍遙自在，可我們卻必須兢兢業業，日日當值，一點都不能出錯。」

太陽老九接着說：「就是啊，這太不公平了，我們為人類做了這麼多的事情，卻沒人來膜拜我們，憑甚麼呀！」

「我們也要自由，我們也要逍遙！」

大家你一言我一語，越說越激動。「我們一起偷偷跑出去玩吧！」太陽老三提議道。

太陽老十有些擔心地說：「萬一被羲和媽媽知道了，可怎麼辦呀？」

太陽老五滿不在乎地說：「等羲和媽媽睡着了，我們偷偷溜出去不就行了。」

於是，趁着羲和熟睡的時候，
十個太陽悄悄地一起飛向了天空。

義和看着鏡中的畫面，傷心地說：「我發現後，趕忙找到他們，對他們說：『你們一起出去會闖下大禍的，被你們的父王知道了可不得了！』

太陽老十也說：『要不回去吧，免得讓父王、母后擔心。』

可其他幾個孩子根本不聽，還說甚麼：『膽小鬼，跟着我們就是了！』

『我們不回去，我們也要像別的神仙一樣逍遙自在。』

『我們當值的時候至少要兩個人一起！』

『天下的人們也要拜我們才行！』

『我們也要想當值就當值，想休息就休息！』

太陽老大更是說：『母后，您跟父王說一下，不改變這些老規矩，我們絕不回去！』

我想跟帝俊說這件事，又怕他懲罰孩子們，他們平日裏當值也確實辛苦。可是不說吧，現在大地被烤得這麼熱，天地間的秩序全亂了，我實在不忍心。你們快幫我想想辦法吧。」

這時玄鳥從天上飛來，「帝俊已經知曉人間之難，正在想辦法。你們快去天庭看看吧！」

乘黃立即帶着靈賢和靈盼飛到天庭找帝俊。

帝俊正在命令羿去人間替他教訓一下那十個頑皮的孩子，「我賜予你神弓與神箭，你必須將那些頑劣的孩子們帶回正軌，讓他們重返甘水，輪流守護人間，還天下太平！」

羿堅定地回答：「是！」然後雙手接過神弓和神箭，眼神中充滿了堅毅。

帝俊看到靈賢和靈盼，說道：「你們來得剛好，守護人類是女媧給你們的神聖使命。我將丹木果賜予你們，這種果子可以辟火，你們拿去幫助火海中的人們吧！」

靈賢、靈盼答：「我們一定會竭盡全力保護人類！」

此時，人們還在火海災難中苦苦掙扎，祈求上蒼的恩賜！玄鳥、乘黃載着靈賢和靈盼從天上飛來。他們把帝俊賜的丹木果撒向火海中的人們，人們吃了丹木果，感覺身上沒那麼熱了，也漸漸有了力氣。

正在靈賢和靈盼分發丹木果時，乘黃在被火燒後的土地上發現一片綠色的植物，口渴的乘黃迫不及待吃了一口，瞬間感覺清涼可口。靈盼驚呼：「這是甚麼？」靈賢立即採摘一片，仔細看了看，說：「這就是馬齒莧，具有涼血解毒的功效，快告訴大家！」
靈盼開心地說：「這下好了，有了神果和馬齒莧，人們暫時能活下去了！」

與此同時，羿則獨自前往東海邊勸誡太陽：「我奉天帝之命，嚴令你們立刻返回甘水！」

「父王答應我們的條件了？」

羿嚴肅地說：「沒甚麼條件可談，你們必須立刻回去，按規矩當值，還天下太平。要是繼續這樣胡鬧，天下就要大亂了！你們難道忍心看到人們受苦嗎？」

太陽們卻不以為然。

「天下大亂跟我們有甚麼關係？」

「你算甚麼！肯定是假傳父王聖旨！」

太陽老五說得更是囂張：「我們就不回去，你能把我們怎麼樣？」

羿聽後勃然大怒：「你們這些刁蠻任性的太陽！簡直無法無天！我這就教訓教訓你們。」

羿一想到天下蒼生還在受難，心中充滿了悲憤，再也不能容忍。他用力拉開了萬斤弓弩，搭上千斤重利箭，瞄準天上還在哈哈大笑的太陽老五，「嗖」的一箭射去，只見太陽老五被射中後，直直地落了下去。

太陽老十看到這一幕，心中湧起了一絲恐懼。「要不……我們回去吧？」

剛剛還在大笑的太陽老二憤怒地駁斥道：「兄弟們，別怕他。五弟最多只是受了點皮外傷，等下肯定就升上來了，我們太陽還能怕這小弓箭不成？」

愚昧、驕傲的太陽們哪能想到，這弓箭竟然是他們父親賜予的神箭。

看到太陽老五被射落地，太陽們更加憤怒了。他們一起朝着羿噴出濃烈的火焰。

羿看着這些上躥下跳、肆意妄為的太陽將大地照得格外焦熱。羿知道沒有時間再跟他們講道理了，於是，他不再猶豫，又連續射出八支利箭。

就這樣，羿一共射掉了九個太陽。中了箭的九個太陽一個接一個地死去。他們化成三足金烏，羽毛紛紛飄落在地面，身上的光和熱也一點一點地消失了。最後，天上只剩下太陽老十。

羿拉開了弓箭，瞄向最後一個太陽。

「停下 —— 停下 ——！」靈賢和靈盼騎着乘黃慌忙趕來。

「我們不能沒有太陽，大地和萬物生靈都需要光和熱！沒有太陽當值，大地會陷入黑暗和寒冷，那可怎麼辦？我們還是留下他，讓他改過自新，承擔起自己的職責吧。」

太陽老十也嚇得渾身發抖，連忙求饒：「放過我吧，我以後一定按時當值，勤勤懇懇，絕不胡來！」

羿想了想，然後說道：「我可以留下你，但你必須保證以後按部就班地為大地和萬物繼續貢獻光和熱，絕不能再搗亂！」

太陽老十趕緊點頭：「我一定保證！」

天上九日一落，地上的火光立刻就熄滅了。太陽按規矩正常當值，人們頓時感覺清涼爽快。靈賢、靈盼在人羣中歡呼：「太好了！我們得救了！」人們也都高興得歡呼雀躍，整個大地又充滿了生機。

呼喊聲傳到天上，帝俊見九個兒子已死，大發雷霆。羿雖救世有功，但帝俊也不准他再回天庭。不過，人們卻更加愛戴羿了，尊稱他為大羿，後來就慢慢轉叫后羿了。

從此，最後一個太陽每日都會從東海之濱冉冉升起，又在西山之巔緩緩沉落。他用溫暖的陽光照耀着人間，讓萬物茁壯成長。

而靈賢、靈盼和乘黃呢？他們繼續努力幫助人們重建家園，讓人間重新變得美好起來。

動力種子 Magic Bean

沉浸閱讀

多元化內容

主題涵蓋中國傳統文化、歷史、個人成長，內容應有盡有

配音隨時聆聽

配有普通話配音，隨時想聽就聽

實體書

電子版

精美圖畫細節滿滿

電子版獨有更寬、更大構圖，呈現更多細節

一個為兒童創作繪本，提供繪本閱讀和創作功能的電子平台。每年更新大量優質繪本，提供有趣的繪本互動功能，更具備獨創繪本「創讀」工具，讓兒童隨時閱讀、隨時創作，激發兒童的閱讀興趣和創造能力。

大量互動功能

一點就變

任意拖動人物互動

長圖拖動變化

豐富閱讀體驗，
讓孩子養成閱讀習慣！

發揮創意

改編、創作兩大模式

配音功能

故事人物個性配音，發掘聲音演繹天賦

創作功能

天馬行空隨意畫，激發孩子想像力

發揮孩子奇思妙想，
深入創造人物，改編精彩故事！

書友交流

分享討論繪本心得

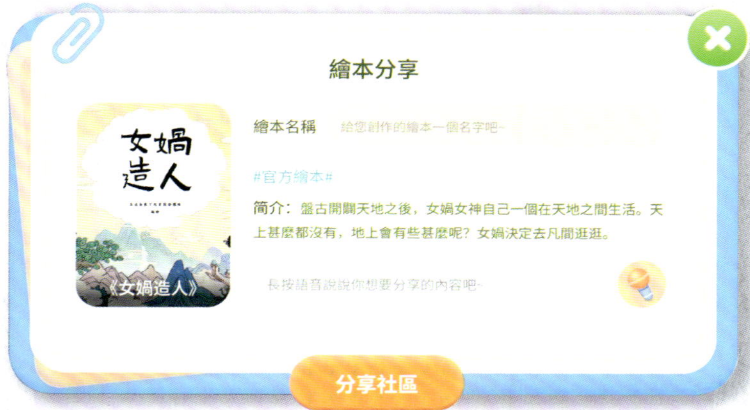

查看好友閱讀動態

分享閱讀樂趣，
知己共同創讀！

即時訂閱，全年暢讀！

掃碼下載試用，了解更多！

山海經數字幻旅 5

羿射九日

在成長數字教育開發團隊　　編繪

總策劃　楊江波　周建華
教育顧問　謝錫金　沈雪明
文案設計　王思琪　吳　非　張如婷　李曼琳
插畫設計　王　倩　劉　瑩　顧啟航
配樂創作　楊若辰
技術開發　臧明正　馬一凱　張軍成　劉　爽　祁自豪
地圖繪製　張相偉

責任編輯：潘沛雯
裝幀設計：在成長數字教育開發團隊
排　　版：在成長數字教育開發團隊
印　　務：劉漢舉

出版 | 中華教育
香港北角英皇道499號北角工業大廈1樓B
電話：(852) 2137 2338 傳真：(852) 2713 8202
電子郵件：info@chunghwabook.com.hk
網址：http://www.chunghwabook.com.hk

發行 | 香港聯合書刊物流有限公司
香港新界荃灣德士古道220-248號 荃灣工業中心16樓
電話：（852）2150 2100　傳真：（852）2407 3062
電子郵件：info@suplogistics.com.hk

版次 | 2025年7月第1版第1次印刷

規格 | 16開（244mm x 215mm）

ISBN | 978-988-8914-28-9